I0664439

No.
8114.

Rés.
p. Ye. 147c

Ed. orig. de Preux Jône
et des Sottes ridicules

GRISELIDIS

NOUVELLE.

AVEC

LE CONTE DE PEAU D'ASNE,

ET CELUY

DES SOUHAITS RIDICULES.

SECONDE EDITION.

A PARIS,

chez {
La Veuve de JEAN BAPTISTE COIGNARD,
Imprimeur du Roy,
ET
JEAN BAPTISTE COIGNARD Fils, Imprimeur
du Roy, ruë S. Jacques, à la Bible d'or.

M. DC. LXXXXIV.

AVEC PRIVILEGE.

GRISELIDIS

NOUVELLE.

A
MADEMOISELLE **

EN vous offrant jeune & sage Beauté ;
    Ce modele de Patience ,
    Je ne me suis jamais flatté
Que par vous de tout point il seroit imité ,
    C'en seroit trop en conscience.

    Mais Paris où l'homme est poli ,
    Où le beau sexe né pour plaire
    Trouve son bonheur accompli ,
    De tous costez est si rempli
    D'exemples du vice contraire ,
    Qu'on ne peut en toute saison ,
    Pour s'en garder ou s'en défaire ,
    Avoir trop de contrepoison.

Une Dame aussi patiente
Que celle donc icy je releve le prix,
    Seroit par tout une chose étonnante,
    Mais ce seroit un prodige à Paris.

    Les femmes y sont souveraines,
    Tout s'y regle selon leurs vœux,
    Enfin c'est un climat heureux
    Qui n'est habité que de Reynes,

Ainsi je voy que de toutes façons.
Griselidis y sera peu prisée,
Et qu'elle y donnera matiere de risée,
    Par ses trop antiques leçons.

    Ce n'est pas que la Patience
Ne soit une vertu des Dames de Paris,
Mais par un long usage elles ont la science
De la faire exercer par leur propres maris.

GRISELIDIS

NOUVELLE.

AU pié des celebres montagnes
Où le Po s'échappant de dessous ses roseaux,
Va dans le sein des prochaines campagnes,
Promener ses naissantes eaux,
Vivoit un jeune & vaillant Prince,
Les delices de sa Province :
Le Ciel en le formant, sur luy tout à la fois,
Versa ce qu'il a de plus rare,
Ce qu'entre ses amis d'ordinaire il separe,
Et qu'il ne donne qu'aux grands Roys.

Comblé de tous les dons & du corps & de l'ame,
Il fut robuste, adroit, propre au mestier de
Mars,

Et par l'inftinct fecret d'une divine flâme,

 Avec ardeur il aima les beaux Arts.

Il aima les combats, il aima la victoire,

 Les grands projets, les actes valeureux,

Et tout ce qui fait vivre un beau nom dans l'hif-

 toire ;

 Mais fon cœur tendre & genereux

Fut encor plus fenfible à la folide gloire

 De rendre fes Peuples heureux.

 Ce temperamment heroïque

 Fut obfcurci d'une fombre vapeur

 Qui chagrine & melancolique,

Luy faifoit voir dans le fond de fon cœur

Tout le beau fexe infidelle & trompeur :

Dans la femme, où brilloit le plus rare merite,

 Il voyoit une ame hypocrite ,

 Un efprit d'orgueil enyvré ,

Un cruel ennemi qui fans cefse n'afpire

Qu'à prendre un souverain empire
Sur l'homme malheureux qui luy fera livré.

　　Le frequent ufage du monde ,
Où l'on ne voit qu'Efpoux fubjuguez ou trahis ,
　　Joint à l'air jaloux du Païs ,
　Accrut encor cette haine profonde.
　　Il jura donc plus d'une fois ,
Que quand mefme le Ciel pour luy plein de
　　tendreffe ,
　　Formeroit une autre Lucrece ,
Jamais de l'hymenée il ne fuivroit les loix.

Ainfi, quand le matin, qu'il donnoit aux affaires,
　　Il avoit reglé fagement
　　Toutes les chofes neceffaires
　　Au bonheur du gouvernement ,
Que du foible orphelin , de la veuve oppreffée ,
　　Il avoit confervé les droits ,

GRISELIDIS

Ou banni quelque impoſt qu'une guerre forcé

  Avoit introduit autrefois ;

  L'autre moitié de la journée

  A la chaſſe eſtoit deſtinée ,

  Où les Sangliers & les Ours ,

  Malgré leur fureur & leurs armes

  Luy donnoient encor moins d'alarmes

Que le ſexe charmant qu'il évitoit toujours.

Cependant ſes ſujets que leur intereſt preſſe

  De s'aſſeurer d'un ſucceſſeur

Qui les gouverne un jour avec meſme douceur

A leur donner un fils le convioient ſans ceſſe

Un jour dans le Palais ils vinrent tous en co

  Pour faire leurs derniers efforts ;

  Un Orateur d'une grave apparence ,

  Et le meilleur qui fuſt alors ,

Dit tout ce qu'on peut dire en pareille occurren

Il marqua leur defir preffant
De voir fortir du Prince une heureufe lignée
Qui rendift à jamais leur Eftat floriffant ;
Il luy dit mefme en finiffant
Qu'il voyoit un Aftre naiffant
Iffu de fon chafte hymenée
Qui faifoit pâlir le croiffant.

D'un ton plus fimple & d'une voix moins forte,
Le Prince à fes fujets répondit de la forte.

Le zele ardent, dont je vois qu'en ce jour
Vous me portez aux nœuds du mariage ,
Me fait plaifir , & m'eft de voftre amour
Un agreable témoignage ;
J'en fuis fenfiblement touché
Et voudrois dés demain pouvoir vous fatisfaire
Mais à mon fens l'hymen eft une affaire
Où plus l'homme eft prudent, plus il eft empef-
ché.

Obſervez bien toutes les jeunes filles ;

Tant qu'elles ſont au ſein de leurs familles

Ce n'eſt que vertu , que bonté ,

Que pudeur que ſincerité ,

Mais ſi-toſt que le mariage

Au deguiſement a mis fin ,

Et qu'ayant fixé leur deſtin

Il n'importe plus d'eſtre ſage ,

Elles quittent leur perſonnage ,

Non ſans avoir beaucoup pati ,

Et chacune dans ſon meſnage

Selon ſon gré prend ſon parti.

L'une d'humeur chagrine , & que rien ne re-

crée ,

Devient une Devote outrée ,

Qui crie & gronde à tous momens ,

L'autre ſe façonne en Coquette ,

Qui ſans ceſſe eſcoute ou caquette ,

Et n'a jamais affez d'Amans ;

Celle-cy des beaux Arts follement curieufe,

De tout decide avec hauteur ,

Et critiquant le plus habile Autheur ,

Prend la forme de Precieufe ;

Cette autre s'érige en Joüeufe ,

Perd tout, argent, bijoux, bagues, meubles de

prix,

Et mefme jufqu'à fes habits.

Dans la diverfité des routes qu'elles tiennent,

Il n'eft qu'une chofe où je voy

Qu'enfin toutes elles conviennent,

C'eft de vouloir donner la loy.

Or je fuis convaincu que dans le mariage

On ne peut jamais vivre heureux,

Quand on y commande tous deux ;

Si donc vous fouhaitez qu'à l'hymen je m'en-

gage ,

Cherchez une jeune Beauté
Sans orgüeil & sans vanité,
D'une obeïssance achevée,
D'une patience éprouvée,
Et qui n'ait point de volonté,
Je la prendray quand vous l'aurez trouvée

Le Prince ayant mis fin à ce discours moral,
Monte brusquement à cheval,
Et court joindre à perte d'haleine
Sa meutte qui l'attend au milieu de la plaine.

Aprés avoir passé des prés & des guerets,
Il trouve ses Chasseurs couchez sur l'herbe verte,
Tous se levent & tous alerte,
Font trembler de leurs cors les hostes des forests,
Des chiens courans, l'abboyante famille
Deçà, delà, parmi le chaume brille,
Et les Limiers à l'œil ardent

Qui

Qui du fort de la Beste à leur poste reviennent,

 Entraisnent en les regardant

 Les forts valets qui les retiennent.

  S'estant instruit par un des siens

  Si tout est prest, si l'on est sur la trace ,

Il ordonne aussi-tost qu'on commence la chasse ,

  Et fait donner le Cerf aux chiens.

  Le son des cors qui retentissent ,

   Le bruit des chevaux qui hennissent

Et des chiens animez les penetrants abbois ,

Remplissent la forest de tumulte & de trouble ,

Et pendant que l'echo sans cesse les redouble ,

S'enfoncent avec eux dans les plus creux du bois.

 Le Prince par hazard ou par sa destinée ,

  Prit une route destournée

  Où nul des Chasseurs ne le suit ;

  Plus il court, plus il s'en separe :

    B

Enfin à tel point il s'égare,
Que des chiens & des cors il n'entend plus le
    bruit.

L'endroit où le mena sa bizare avanture,
    Clair de ruisseaux & sombre de verdure,
Saisissoit les esprits d'une secrette horreur;
    La simple & naïve Nature
    S'y faisoit voir & si belle & si pure,
    Que mille fois il benit son erreur.

    Rempli des douces resveries
Qu'inspirent les grands bois, les eaux & les prai-
    ries,
Il sent soudain frapper & son cœur & ses yeux
    Par l'objet le plus agreable,
    Le plus doux & le plus aimable
    Qu'il eust jamais veu sous les Cieux

C'eſtoit une jeune Bergere
Qui filoit aux bords d'un ruiſſeau ,
Et qui conduiſant ſon trouppeau,
D'une main ſage & menagere
Tournoit ſon agile fuſeau.

Elle auroit pû dompter les cœurs les plus ſau-
vages ;
Des lÿs , ſon teint a la blancheur,
Et ſa naturelle fraicheur
S'eſtoit toujours ſauvée à l'ombre des boccages:
Sa bouche , de l'enfance avoit tout l'agrément,
Et ſes yeux qu'adoucit une brune paupiere ,
Plus bleus que n'eſt le firmament ,
Avoient auſſi plus de lumiere.

Le Prince , avec tranſport , dans le bois ſe gliſ-
ſant ,
Contemple les beautez dont ſon ame eſt émüe,

Mais le bruit qu'il fait en paſſant

De la Belle ſur luy fit deſtourner la veüe ;

Dez qu'elle ſe vit apperceüe,

D'un brillant incarnat la prompte & vive ardeur

De ſon beau teint redoubla la ſplendeur,

Et ſur ſon viſage épandüe

Y fit triompher la Pudeur.

Sous le voile innocent de cette honte aimable

Le Prince découvrit une ſimplicité ;

Une douceur, une ſincerité,

Dont il croyoit le beau ſexe incapable,

Et qu'il voit là dans toute leur beauté,

Saiſi d'une frayeur pour luy toute nouvelle,

Il s'approche interdit, & plus timide qu'elle,

Luy dit d'une tremblante voix,

Que de tous ſes Veneurs il a perdu la trace,

Et luy demande ſi la chaſſe

N'a point paffé quelque part dans le bois.

Rien n'a paru, Seigneur, dans cette folitude,
Dit-elle, & nul icy que vous feul n'eft venu ;
   Mais n'ayez point d'inquietude,
Je remettray vos pas fur un chemin connu.

   De mon heureufe deftinée
Je ne puis, luy dit-il, trop rendre grace aux
  Dieux,
Depuis long-temps je frequente ces lieux,
Mais j'avois ignoré jufqu'à cette journée
   Ce qu'ils ont de plus precieux.

Dans ce temps elle voit que le Prince fe baiffe
   Sur le moitte bord du ruiffeau,
  Pour eftancher dans le cours de fon eau
   La foif ardente qui le preffe,
  Seigneur, attendez un moment,

     B iij

Dit-elle , & courant promptement
Vers sa cabane , elle y prend une tasse
Qu'avec joye & de bonne grace ,
Elle presente à ce nouvel Amant.

Les vases precieux de cristal & d'agathe
Où l'or en mille endroits éclatte ,
Et qu'un Art curieux avec soin façonna :
N'eurent jamais pour luy , dans leur pompe
inutile ,
Tant de beauté que le vase d'argile
Que la Bergere luy donna.

Cependant pour trouver une route facile ,
Qui mene le Prince à la ville ,
Ils traversent des bois , des rochers escarpez
Et de torrens entrecoupez ,
Le Prince n'entre point dans de route nouvelle
Sans en bien observer , tous les lieux d'alentour

Et son ingenieux Amour
   Qui songeoit au retour ,
En fit une carte fidelle.

   Dans un bocage sombre & frais
   Enfin la Bergere le meine ,
Où, de dessous ses branchages espais
Il voit au loin dans le sein de la plaine
   Les toits dorez de son riche Palais.

   S'estant separé de la Belle ,
   Touché d'une vive douleur ,
   A pas lents il s'esloigne d'Elle ,
Chargé du trait qui luy perce le cœur ;
Le souvenir de sa tendre avanture,
Avec plaisir le conduisit chez luy ,
Mais dez le lendemain il sentit sa blessure ,
Et se vit accablé de tristesse & d'ennuy.

   Dez qu'il le peut il retourne à la chasse ,

Où de sa suite adroitement
Il s'échappe & se debarasse
Pour s'égarer heureusement.
Des arbres & des monts les cimes eslevées,
Qu'avec grand soin il avoit observées,
Et les avis secrets de son fidelle amour ,
Le guiderent si bien que malgré les traverses,
De cent routes diverses ,
De sa jeune Bergere il trouva le sejour.

Il sçut qu'elle n'a plus que son Pere avec elle
Que Griselidis on l'appelle ,
Qu'ils vivent doucement du lait de leurs breb
Et que de leur toison qu'elle seule elle file ,
Sans avoir recours à la Ville ,
Ils font eux-mesmes leurs habits.

Plus il la voit plus il s'enflâme
Des vives beautez de son ame ;

Il connoiſt en voyant tant de dons precieux,

Que ſi la Bergere eſt ſi belle,

C'eſt qu'une legere étincelle,

De l'eſprit qui l'anime a paſſé dans ſes yeux.

Il reſſent une joye extreme,

D'avoir ſi bien placé ſes premieres amours,

Ainſi ſans plus tarder, il fit dez le jour meſme

Aſſembler ſon Conſeil & luy tint ce diſcours.

Enfin aux Loix de l'Hymenée

Suivant vos vœux je me vais engager,

Je ne prens point ma femme en Païs eſtranger,

Je la prens parmy vous, belle, ſage, bien née,

Ainſi que mes ayeux ont fait plus d'une fois,

Mais j'attendray cette grande journée

A vous informer de mon choix.

Dez que la nouvelle fut ſçûë,

Par tout elle fut répanduë.

On ne peut dire avec combien d'ardeur

L'allegreffe publique

De tous coftez s'explique ;

Le plus content fut l'Orateur,

Qui par fon difcours pathetique

Croyoit d'un fi grand bien eftre l'unique Auteur

Qu'il fe trouvoit homme de confequence

Rien ne peut refifter à la grande éloquence,

Difoit-il fans ceffe en fon cœur.

Le plaifir fut de voir le travail inutile,

Des Belles de toute la Ville

Pour s'attirer & meriter le choix

Du Prince leur Seigneur, qu'un air chafte & mo

Charmoit uniquement & plus que tout le refte,

Ainfi qu'il l'avoit dit cent fois.

D'habit & de maintien toutes elles changerent

D'un ton devot elles tousserent,

Elles radoucirent leurs voix,

De demy-pied les coeffures baisserent,

La gorge se couvrit, les manches s'allongerent,

A peine on leur voyoit le petit bout des doigts.

Dans la Ville avec diligence,

Pour l'Hymen dont le jour s'avance,

On voit travailler tous les Arts,

Icy se font de magnifiques chars

D'une forme toute nouvelle,

Si beaux & si bien inventez,

Que l'or qui par tout estincelle,

En fait la moindre des beautez.

Là, pour voir aisément & sans aucun obstacle,

Toute la pompe du spectacle,

On dresse de longs eschaffaux,

Icy de grands Arcs triomphaux,

G R I S E L I D I S

Où du Prince Guerrier se celebre la gloire,
Et de l'Amour sur luy l'éclatante victoire.

Là , sont forgez d'un art industrieux,
Ces feux qui par les coups d'un innocent
     nerre ,
    En effrayant la Terre ,
De mille astres nouveaux embelissent les Cie
     Là d'un ballet ingenieux
Se concerte avec soin l'agreable folie ,
Et là d'un Opera peuplé de mille Dieux ,
Le plus beau que jamais ait produit l'Italie,
On entend repeter les airs melodieux.

    Enfin du fameux Hymenée ,
    Arriva la grande journée.

    Sur le fond d'un Ciel vif & pur ,
    A peine l'Aurore vermeille ,
           Confond

Confondoit l'or avec l'azur,

Que par tout en surſaut le beau ſexe s'éveille ;

Le Peuple curieux s'épand de tous coſtez,

En differens endroits des Gardes ſont poſtez

Pour contenir la Populace,

Et la contraindre à faire place.

Tout le Palais retentit de Clairons,

De flutes , de hautbois, de ruſtiques muſettes,

Et l'on n'entend aux environs

Que des tambours & des trompettes.

Enfin le Prince ſort entouré de ſa Cour,

Il s'eſleve un long cry de joye,

Mais on eſt bien ſurpriſquand au premier detour,

De la Foreſt prochaine on voit qu'il prend la

voye,

Ainſi qu'il faiſoit chaque jour.

Voilà, dit-on , ſon penchant qui l'emporte,

Et de ſes paſſions, en dépit de l'Amour,

C

La Chasse est tousjours la plus forte.

Il traverse rapidement
Les guerets de la plaine, & gaignant la mon
tagne,
Il entre dans le bois au grand estonnement
De la Troupe qui l'accompagne.

Aprés avoir passé par differens detours,
Que son cœur amoureux se plaist à reconnaistre
Il trouve enfin la cabane champestre
Où logent ces tendres amours.

Griselidis de l'Hymen informée,
Par la voix de la Renommée,
En avoit pris son bel habillement;
Et pour en aller voir la pompe magnifique
De dessous sa case rustique
Sortoit en ce mesme moment.

te. Où courez-vous si prompte & si legere ;

Luy dit le Prince en l'abordant

Et tendrement la regardant ,

nou Ceſſez de vous haſter , trop aimable Bergere ,

La nopce où vous allez, & dont je ſuis l'Eſpoux

Ne ſçauroit ſe faire ſans vous.

Oüy , je vous aime, & je vous ay choiſie

Entre mille jeunes beautez ,

iſtu Pour paſſer avec vous le reſte de ma vie ,

e Si toutefois mes vœux ne ſont pas rejettez.

Ah ! dit-elle, Seigneur , je n'ay garde de croire

Que je ſois deſtinée à ce comble de gloire ,

Vous cherchez à vous divertir.

Non , non , dit-il , je ſuis ſincere ,

J'ay desja pour moy voſtre Pere ;

(Le Prince avoit eu ſoin de l'en faire avertir)

Daignez Bergere y conſentir ,

C ij

C'eft-là tout ce qui refte à faire,
Mais afin qu'entre nous une folide paix
Eternellement fe maintienne ,
Il faudroit me jurer que vous n'aurez jamais
D'autre volonté que la mienne.

Je le jure , dit-elle , & je vous le promets ;
Si j'avois efpoufé le moindre du Village ,
J'obeïrois , fon joug me feroit doux,
Helas ! combien donc davantage ,
Si je viens à trouver en vous ,
Et mon Seigneur & mon Efpoux.

Ainfi le Prince fe declare ,
Et pendant que la Cour applaudit à fon choix,
Il porte la Bergere à fouffrir qu'on la pare
Des ornemens qu'on donne aux Efpoufes des
Roys.
Celles qu'à cet employ leur devoir intereffe ,

Entrent dans la cabane, & là diligemment
Mettent tout leur ſçavoir & toute leur adreſſe
A donner de la grace à chaque ajuſtement.

Dans cette Hutte où l'on ſe preſſe,
Les Dames admirent ſans ceſſe
Avec quel art la Pauvreté
S'y cache ſous la Propreté ;
Et cette ruſtique Cabane,
Que couvre & rafraichit un ſpacieux Platane,
Leur ſemble un ſejour enchanté.

Enfin, de ce Reduit ſort pompeuſe & brillante
La Bergere charmante,
Ce ne ſont qu'applaudiſſemens
Sur ſa beauté, ſur ces habillemens ;
Mais ſous cette pompe eſtrangere
Desja plus d'une fois le Prince a regretté,
Des ornemens de la Bergere,

L'innocente simplicité.

Sur un grand char d'or & d'Ivoire,
La Bergere s'assied pleine de majesté,
Le Prince y monte avec fierté,
Et ne trouve pas moins de gloire
A se voir comme Amant assis à son costé,
Qu'à marcher en triomphe aprés une victoire;
La Cour les suit & tous gardent le rang
Que leur donne leur charge ou l'éclat de leur
　　　　sang.

La Ville dans les champs presque toute sortie
Couvroit les plaines d'alentour,
Et du choix du Prince avertie,
Avec impatience attendoit son retour,
Il paroist, on le joint. Parmi l'épaisse foule
Du Peuple qui se fend le char à peine roulé;
Par les longs cris de joye à tout coup redoublez,

Les chevaux émûs & troublez,
Se cabrent, trepignent, s'élancent
Et reculent plus qu'ils n'avancent.

Dans le Temple on arrive enfin,
Et là par la chaîne éternelle
D'une promesse solemnelle,
Les deux Espoux uniffent leur destin;
Enfuite au Palais ils fe rendent,
Où mille plaifirs les attendent,
Où la Dance, les Jeux, les Courfes, les Tour-
nois
Refpandent l'allegreffe en differens endroits;
Sur le foir le blond Hymenée,
De fes chaftes douceurs couronna la journée.

Le lendemain les differens Etats
De toute la Province
Accourent haranguer la Princeffe & le Prince

Par la voix de leurs Magiftrats.

De fes Dames environnée.
Grifelidis, fans paraiftre eftonnée,
En Princeffe les entendit,
En Princeffe leur répondit.
Elle fit toute chofe avec tant de prudence,
Qu'il fembla que le Ciel euft verfé fes thréfors,
Avec encor plus d'abondance
Sur fon ame que fur fon corps.
Par fon efprit, par fes vives lumieres,
Du grand monde auffi-toft elle prit les manieres,
Et mefme dez le premier jour
Des talens, de l'humeur des Dames de fa Cour,
Elle fe fit fi bien inftruire,
Que fon bon fens jamais embaraffé
Eut moins de peine à les conduire,
Que fes Brebis du temps paffé.

Avant la fin de l'an des fruits de l'Hymenée ,

Le Ciel benit leur couche fortunée ,

Ce ne fut pas un Prince , on l'euſt bien ſouhaité ,

Mais la jeune Princeſſe avoit tant de beauté ,

Que l'on ne ſongea plus qu'à conſerver ſa vie;

Le Pere qui luy trouve un air doux & charmant,

La venoit voir de moment en moment ,

Et la Mere encor plus ravie

La regardoit inceſſamment.

Elle voulut la nourrir elle-meſme ,

Ah! dit-elle, comment m'exempter de l'employ

Que ſes cris demandent de moy ,

Sans une ingratitude extreme ;

Par un motif de Nature ennemi

Pourrois-je bien vouloir de mon Enfant que j'aime ,

N'eſtre la Mere qu'à demi.

Soit que le Prince euſt l'ame un peu moins en-
 flammée

  Qu'aux premiers jours de ſon ardeur,

  Soit que de ſa maligne humeur

  La maſſe ſe fuſt rallumée,

  Et de ſon épaiſſe fumée

Euſt obſcurci ſes ſens & corrompu ſon cœur;

  Dans tout ce que fait la Princeſſe,

Il s'imagine voir peu de ſincerité,

  Sa trop grande vertu le bleſſe,

C'eſt un piege qu'on tend à ſa credulité;

Son eſprit inquiet & de trouble agité

  Croit tous les ſoupçons qu'il écoute,

Et prend plaiſir à revoquer en doute

  L'excez de ſa felicité.

Pour guerir les chagrins dont ſon ame eſt atteinte,

Il la ſuit, il l'obſerve, il aime à la troubler

Par les ennuis de la contrainte,
Par les allarmes de la crainte,
Par tout ce qui peut demefler
La verité d'avec la feinte,
C'eft trop, dit-il, me laiffer endormir,
Si fes vertus font veritables
Les traittemens les plus infupportables,
Ne feront que les affermir.

Dans fon Palais il la tient refferrée,
Loin de tous les plaifirs qui naiffent à la Cour,
Et dans fa chambre, où feule elle vit retirée,
A peine il laiffe entrer le jour.
Perfuadé que la Parure
Et le fuperbe Ajuftement
Du fexe, que pour plaire a formé la Nature,
Eft le plus doux enchantement,
Il luy demande avec rudeffe
Les perles, les rubis, les bagues, les bijoux

Qu'il luy donna pour marque de tendreſſe,
Lorſque de ſon Amant il devint ſon Eſpoux,

Elle dont la vie eſt ſans tache,
Et qui n'a jamais eu d'attache
Qu'à s'acquitter de ſon devoir,
Les luy donne ſans s'émouvoir,
Et meſme le voyant ſe plaire à les reprendre,
N'a pas moins de joye à les rendre
Qu'elle en eut à les recevoir.

Pour m'éprouver mon Eſpoux me tourmente,
Dit-elle, & je voy bien qu'il ne me fait ſouffrir
Qu'afin de reveiller ma vertu languiſſante,
Qu'un doux & long repos pourroit faire perir.
S'il n'a pas ce deſſein, du moins ſuis-je aſſeur
Que telle eſt du Seigneur la conduite ſur moy,
Et que de tant de maux l'ennuieuſe durée,
N'eſt que pour exercer ma conſtance & ma foy.

Pendant

Pendant que tant de malheureuses
Errent au gré de leurs defirs
Par mille routes dangereufes,
Aprés de faux & vains plaifirs ;
Pendant que le Seigneur dans fa lente juftice
Les laiffe aller aux bords du precipice ,
Sans prendre part à leur danger ,
Par un pur mouvement de fa bonté fuprême ,
Il me choifit comme un enfant qu'il aime,
Et s'applique à me corriger.

Aimons donc fa rigueur utilement cruelle ;
On n'eft heureux qu'autant qu'on a fouffert,
Aimons fa Bonté paternelle ,
Et la main dont elle fe fert.

Le Prince a beau la voir obeïr fans contrainte
A tous fes ordres abfolus ,
Je voy le fondement de cette vertu feinte ;

D

Dit-il, & ce qui rend tous mes coups superflus,
  C'est qu'ils n'ont porté leur atteinte
  Qu'à des endroits où son amour n'est plus.

  Dans son Enfant, dans la jeune Princesse
   Elle a mis toute sa tendresse,
   A l'éprouver si je veux reussir,
   C'est-là qu'il faut que je m'adresse,
   C'est-là que je puis m'éclaircir.

  Elle venoit de donner la mamelle,
   Au tendre Objet de son amour ardent,
Qui couché sur son sein se joüoit avec elle,
   Et rioit en la regardant ;
Je voy que vous l'aimez, luy dit-il, cependant
Il faut que je vous l'oste en cet âge encor tendre
Pour luy former les mœurs & pour la preserver
De certains mauvais airs qu'avec vous l'on peut
   prendre;

Mon heureux fort m'a fait trouver
Une Dame d'esprit qui sçaura l'élever
Dans toutes les vertus & dans la politesse
  Que doit avoir une Princesse,
  Disposez-vous à la quitter
  On va venir pour l'emporter.

Il la laisse à ces mots, n'ayant pas le courage,
  Ny les yeux assez inhumains,
  Pour voir arracher de ses mains
  De leur amour l'unique gage ;
Elle de mille pleurs se baigne le visage,
  Et dans un morne accablement
Attend de son malheur le funeste moment.

Dez que d'une action si triste & si cruelle
Le ministre odieux, à ses yeux se montra ;
  Il faut obeïr, luy dit-elle,
Puis prenant son Enfant qu'elle considera ;

    D ij

Qu'elle baisa d'une ardeur maternelle,
Qui de ses petits bras tendrement la serra,
Toute en pleurs elle le livra.
Ah que sa douleur fut amere !
Arracher l'enfant ou le cœur
Du sein d'une si tendre Mere
C'est la mesme douleur.

Prés de la Ville estoit un Monastere,
Fameux par son antiquité,
Où des Vierges vivoient dans une regle austére,
Sous les yeux d'une Abbesse illustre en pieté.
Ce fut-là que dans le silence,
Et sans declarer sa naissance,
On déposa l'Enfant, & des bagues de prix,
Sous l'espoir d'une récompense
Digne des soins que l'on en auroit pris.

Le Prince qui taschoit d'esloigner par la chasse

NOUVELLE.

Le vif remords qui l'embaraſſe
Sur l'excez de ſa cruauté ;
Craignoit de revoir la Princeſſe,
Comme on craint de revoir une fiere Tygreſſe
A qui ſon faon vient d'eſtre oſté,
Cependant il en fut traitté
Avec douceur , avec careſſe,
Et meſme avec cette tendreſſe
Qu'elle eut aux plus beaux jours de ſa proſperité.

Par cette complaiſance & ſi grande & ſi prompte,
Il fut touché de regret & de honte,
Mais ſon chagrin demeura le plus fort :
Ainſi , deux jours aprés , avec des larmes feintes
Pour luy porter encor de plus vives atteintes,
Il luy vint dire que la Mort
De leur aimable Enfant avoit fini le ſort.

Ce coup inopiné mortellement la bleſſe,

Cependant malgré fa trifteffe,
Ayant vû fon Efpoux qui changeoit de couleur,
Elle parut oublier fon malheur,
Et n'avoir mefme de tendreffe
Que pour le confoler de fa fauffe douleur.

Cette bonté, cette ardeur fans égale
D'amitié conjugale,
Du Prince tout à coup defarmant la rigueur
Le touche, le penetre & luy change le cœur,
Jufques-là qu'il luy prend envie
De declarer que leur enfant
Joüit encore de la vie,
Mais fa bile s'efleve & fiere luy deffend
De rien découvrir du myftere
Qu'il peut eftre utile de taire.

Dez ce bien-heureux jour telle des deux Efpoux
Fut la mutuelle tendreffe,

Qu'elle n'est point plus vive aux momens les
   plus doux
  Entre l'Amant & la Maistresse.

Quinze fois le Soleil pour former les saisons,
Habita tour à tour dans ses douze maisons,
  Sans rien voir qui les desunisse :
   Que si quelquefois par caprice
   Il prend plaisir à la fâcher,
   C'est seulement pour empescher
   Que l'amour ne se rallentisse,
Tel que le Forgeron qui pressant son labeur,
   Respand un peu d'eau sur la braise,
   De sa languissante fournaise
   Pour en redoubler la chaleur.

   Cependant la jeune Princesse
   Croissoit en esprit, en sagesse,
   A la douceur, à la naïveté

Qu'elle tenoit de son aimable Mere,
Elle joignit de son illustre Pere
L'agreable & noble fierté ;
L'amas de ce qui plaist dans chaque caractere
Fit une parfaite beauté.

Par tout comme un Astre elle brille,
Et par hazard un Seigneur de la Cour,
Jeune bien fait & plus beau que le jour,
L'ayant vû paraistre à la grille,
Conceut pour elle un violent amour.
Par l'instinct qu'au beau sexe a donné la Nature
Et que toutes les Beautez ont
De voir l'invisible blessure
Que font leurs yeux, au moment qu'ils font,
La Princesse fut informée
Qu'elle estoit tendrement aimée.

Aprés avoir quelque temps refifté ,
Comme on le doit avant que de fe rendre,
D'un amour également tendre
Elle l'aima de fon cofté.

Dans cet Amant, rien n'eftoit à reprendre,
Il eftoit beau , vaillant , né d'illuftres ayeux
Et dez long-temps pour en faire fon Gendre,
Sur luy le Prince avoit jetté les yeux.
Ainfi donc avec joye il apprit la nouvelle ,
De l'ardeur tendre & mutuelle
Dont brufloient ces jeunes Amans ;
Mais il luy prit une bizare envie ,
De leur faire acheter par de cruels tourmens ,
Le plus grand bon-heur de leur vie.

Je me plairay , dit-il , à les rendre contents ;
Mais il faut que l'Inquietude
Par tout ce qu'elle a de plus rude.

Rende encor leurs feux plus conſtans,
De mon Eſpouſe en meſme temps,
J'exerceray la patience,
Non point, comme juſqu'à ce jour,
Pour raſsûrer ma folle defiance ;
Je ne dois plus douter de ſon amour.
Mais pour faire éclatter aux yeux de tout
     Monde
Sa Bonté, ſa Douceur, ſa Sageſſe profonde,
Afin que de ces dons ſi grands, ſi precieux,
    La Terre ſe voyant parée,
    En ſoit de reſpect penetrée,
Et par reconnoiſſance en rende grace aux Cieux.

Il declare en public que manquant de lignée,
En qui l'Eſtat un jour retrouve ſon Seigneur,
Que la fille qu'il eut de ſon fol hymenée
    Eſtant morte auſſi-toſt que née,
Il doit ailleurs chercher plus de bonheur.

Que l'Espouse qu'il prend est d'illustre naissance,
    Qu'en un Convent on l'a jusqu'à ce jour
      Fait eslever dans l'innocence,
Et qu'il va par l'hymen couronner son amour.

On peut juger à quel point fut cruelle
Aux deux jeunes Amans cette affreuse nouvelle;
Ensuite, sans marquer ny chagrin ny douleur,
    Il avertit son Espouse fidelle,
      Qu'il faut qu'il se separe d'elle
    Pour éviter un extreme malheur ;
Que le Peuple indigné de sa basse naissance
Le force à prendre ailleurs une digne alliance.

    Il faut, dit-il, vous retirer
   Sous vostre toit de chaume & de fougere
Aprés avoir repris vos habits de Bergere,
    Que je vous ay fait preparer.

Avec une tranquille & muette conſtance,

La Princeſſe entendit prononcer ſa ſentence ;

Sous les dehors d'un viſage ſerain

Elle devoroit ſon chagrin ,

Et ſans que la douleur diminuaſt ſes charmes ;

De ſes beaux yeux tomboient de groſſes larmes,

Ainſi que quelquefois au retour du Printemps,

Il fait Soleil & pleut en meſme temps.

Vous eſtes mon Eſpoux, mon Seigneur , & mon

Maiſtre ,

(Dit-elle en ſoupirant , preſte à s'évanoüir)

Et quelque affreux que ſoit ce que je viens

d'oüir ,

Je ſçauray vous faire connaiſtre

Que rien ne m'eſt ſi cher que de vous obeïr.

Dans ſa chambre auſſi-toſt ſeule elle ſe retire,

Et là ſe dépoüillant de ſes riches habits,

Ell

Elle reprend paifible & fans rien dire,
Pendant que fon cœur en foupire,
Ceux qu'elle avoit en gardant fes brebis.

En cet humble & fimple équipage,
Elle aborde le Prince & luy tient ce langage.

Je ne puis m'efloigner de vous,
Sans le pardon d'avoir fçû vous déplaire ;
Je puis fouffrir le poids de ma mifere,
Mais je ne puis, Seigneur, fouffrir voftre cour-
roux ;
Accordez cette grace à mon regret fincere,
Et je vivray contente en mon trifte fejour,
Sans que jamais le Temps altere
Ny mon humble refpect, ny mon fidelle amour.

Tant de foumiffion & tant de grandeur d'ame
Sous un fi vil habillement,

E

Qui dans le cœur du Prince en ce mefme mo-
     ment
Reveilla tous les traits de fa premiere flâme,
Alloient caffer l'arreft de fon banniffement.
     Emeu par de fi puiffans charmes,
     Et preft à répandre des larmes,
     Il commençoit à s'avancer
     Pour l'embraffer ;
Quand tout à coup l'imperieufe gloire
     D'eftre ferme en fon fentiment
Sur fon amour remporta la victoire,
Et le fit en ces mots répondre durement,

De tout le temps paffé j'ay perdu la memoire,
     Je fuis content de voftre repentir,
     Allez, il eft temps de partir.

Elle part auffi-toft, & regardant fon Pere
Qu'on avoit reveftu de fon ruftique habit,

Et qui le cœur percé d'une douleur amere,

Pleuroit un changement si prompt & si subit.

Retournons, luy dit-elle, en nos sombres boc-
        cages

Retournons habiter nos demeures sauvages,

Et quittons sans regret la pompe des Palais ;

Nos cabanes n'ont pas tant de magnificence ;

   Mais on y trouve avec plus d'innocence,

Un plus ferme repos, une plus douce paix.

Dans son desert à grand peine arrivée,

   Elle reprend & quenoüille & fuseaux,

   Et va filer au bord des mesmes eaux

     Où le Prince l'avoit trouvée.

  Là son cœur tranquille & sans fiel

    Cent fois le jour demande au Ciel,

Qu'il comble son Espoux de gloire, de richesses,

Et qu'à tous ses desirs il ne refuse rien ;

    Un Amour nourri de carresses

N'eſt pas plus ardent que le ſien.

Ce cher Eſpoux qu'elle regrette
Voulant encore l'éprouver,
Luy fait dire dans ſa retraite ;
Qu'elle ait à le venir trouver.

Griſelidis, dit-il, dez qu'elle ſe preſente
Il faut que la Princeſſe à qui je dois demain
Dans le Temple donner la main,
De vous & de moy ſoit contente.
Je vous demande icy tous vos ſoins, & je veux
Que vous m'aidiez à plaire à l'objet de mes
vœux ;
Vous ſçavez de quel air il faut que l'on me
ſerve,
Point d'épargne, point de reſerve,
Que tout ſente le Prince, & le Prince amoureux

Employez toute voftre adreffe
A parer fon appartement ,
Que l'abondance , la richeffe ,
La propreté , la politeffe
S'y faffe voir également ;
Enfin fongez inceffamment
Que c'eft une jeune Princeffe
Que j'aime tendrement.

Pour vous faire entrer davantage
Dans les foins de voftre devoir ,
Je veux icy vous faire voir
Celle qu'à bien fervir mon ordre vous engage.

Telle qu'aux Portes du Levant
Se montre la naiffante Aurore ,
Telle parut en arrivant
La Princeffe plus belle encore.
Grifelidis à fon abord

E iij

Dans le fonds de son cœur sentit un doux tranſ
　　　　port
　　　De la tendreſſe maternelle ;
　　Du temps paſſé, de ſes jours bienheureu
　　Le ſouvenir en ſon cœur ſe rappelle,
　　Helas, ma fille, en ſoy-meſme, dit-elle,
Si le Ciel favorable euſt écouté mes vœux,
Seroit preſque auſſi grande, & peut-eſtre auſſ
　　belle.

　　Pour la jeune Princeſſe en ce meſme moment
　　Elle prit un amour ſi vif, ſi vehement,
　　　　Qu'auſſi-toſt qu'elle fut abſente,
　　En cette ſorte au Prince elle parla,
　　Suivant, ſans le ſçavoir, l'inſtinct qui s'en mêla

　　　Souffrez, Seigneur, que je vous repreſente,
　　　　Que cette Princeſſe charmante,
　　　　Dont vous allez eſtre l'Eſpoux,

Dans l'aise, dans l'éclat, dans la pourpre nourrie,
Ne pourra supporter, sans en perdre la vie,
Les mesmes traittemens que j'ay receus de vous.

Le besoin, ma naissance obscure,
M'avoient endurcie aux travaux,
Et je pouvois souffrir toutes sortes de maux
Sans peine & mesme sans murmure;
Mais elle qui jamais n'a connu la douleur,
Elle mourra dez la moindre rigueur,
Dez la moindre parole un peu seche, un peu dure,
Helas ! Seigneur, je vous conjure,
De la traiter avec douceur.

Songez, luy dit le Prince avec un ton severe,
A me servir selon vostre pouvoir,
Il ne faut pas qu'une simple Bergere
Fasse des leçons, & s'ingere
De m'advertir de mon devoir.

Griſelidis à ces mots ſans rien dire,
Baiſſe les yeux & ſe retire.

Cependant pour l'Hymen les Seigneurs invitez
Arriverent de tous coſtez ;
Dans une magnifique ſalle
Où le Prince les aſſembla
Avant que d'allumer la torche nuptiale,
En cette ſorte il leur parla.

Rien au monde aprés l'Eſperance,
N'eſt plus trompeur que l'Apparence,
Icy l'on en peut voir un exemple éclattant.
Qui ne croiroit que ma jeune Maiſtreſſe,
Que l'hymen va rendre Princeſſe,
Ne ſoit heureuſe & n'ait le cœur content?
Il n'en eſt rien pourtant.

Qui pourroit s'empeſcher de croire,

Que ce jeune Guerrier amoureux de la gloire,
N'aime à voir cet Hymen, luy qui dans les Tournois
  Va sur tous ses Rivaux remporter la victoire ?]
    Cela n'est pas vray toutefois.

Qui ne croiroit encor qu'en sa juste colere,
Griselidis ne pleure & ne se desespere ?
Elle ne se plaint point, elle consent à tout,
Et rien n'a pû pousser sa patience à bout.

Qui ne croiroit enfin que de ma destinée,
Rien ne peut égaler la course fortunée,
En voyant les appas de l'objet de mes vœux ?
Cependant si l'Hymen me lioit de ses nœuds,
  J'en concevrois une douleur profonde,
    Et de tous les Princes du Monde,
    Je serois le plus malheureux.

L'Enigme vous paroift difficile à comprendre;
　　　Deux mots vôt vous la faire entendre,
　　Et ces deux mots feront évanoüir
　　Tous les malheurs que vous venez d'oüir.

　　Sçachez, pourfuivit-il, que l'aimable Perfonne
　　　Que vous croyez m'avoir bleffé le cœur,
　　　　Eft ma Fille, & que je la donne
　　　　Pour Femme à ce jeune Seigneur
　　　　Qui l'aime d'un amour extrême,
　　　　Et dont il eft aimé de mefme.

　　Sçachez encor, que touché vivement
　　　　De la patience & du zele
　　　　De l'Efpoufe fage & fidelle
　　　　Que j'ay chaffée indignement;
　　Je la reprens, afin que je repare
Par tout ce que l'amour peut avoir de plus doux
　　　　Le traitement dur & barbare

Qu'elle a receu de mon esprit jaloux.

Plus grande sera mon estude
A prevenir tous ses desirs ,
Qu'elle ne fut dans mon inquietude
A l'accabler de déplaisirs ;
Et si dans tous les temps doit vivre la memoire
Des ennuis dont son cœur ne fut point abatu ,
Je veux que plus encore on parle de la gloire ,
Dont j'auray couronné sa supréme vertu.

Comme quand un épais nuage
A le jour obscurci ,
Et que le Ciel de toutes parts noirci ,
Menace d'un affreux orage ;
Si de ce voile obscur par les vents écarté ,
Un brillant rayon de clarté
Se répand sur le paisage ,
Tout rit & reprend sa beauté ,

Telle dans tous les yeux où regnoit la tristesse,
Eclatte tout à coup une vive allegresse,

    Par ce prompt éclaircissement ,
    La jeune Princesse ravie
D'apprendre que du Prince elle a receu la vie,
Se jette à ses genoux qu'elle embrasse ardemment,
Son Pere qu'attendrit une fille si chere ,
La releve , la baise , & la mene à sa Mere
A qui trop de plaisir en un mesme moment,
    Ostoit presque tout sentiment.
    Son cœur qui tant de fois en proye
    Aux plus cuisans traits du malheur ,
    Supporta si bien la douleur ,
    Succombe au doux poids de la joye ;
A peine de ses bras pouvoit-elle serrer
    L'aimable Enfant que le Ciel luy renvoye,
    Elle ne pouvoit que pleurer.

                  Assez

Assez dans d'autres temps vous pourrez satisfaire,
Luy dit le Prince, aux tendresses du sang,
Reprenez les habits qu'exige vostre rang,
Nous avons des nopces à faire.

Au Temple on conduisit les deux jeunes Amans,
Où la mutuelle promesse
De se cherir avec tendresse
Affermit pour jamais leurs doux engagemens.
Ce ne sont que plaisirs, que Tournois magni-
fiques,
Que Jeux, que Dances, que Musiques,
Et que Festins delicieux,
Où sur Griselidis se tournent tous les yeux,
Où sa patience éprouvée,
Jusques au Ciel est élevée
Par mille éloges glorieux :
Des Peuples réjoüis la complaisance est telle
Pour leur Prince capricieux,

F

Qu'ils vont jusqu'à loüer son épreuve cruelle,

A qui d'une vertu si belle,

Si seante au beau sexe, & si rare en tous lieux,

On doit un si parfait modelle.

F I N.

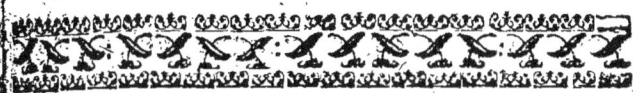

A

A MONSIEUR ***

EN LUY ENVOYANT

GRISELIDIS.

SI je m'eſtois rendu à tous les diſ-
ferents avis qui m'ont eſté donnez
ſur l'Ouvrage que je vous envoye, il
n'y ſeroit rien demeuré que le conte tout
ſet & tout uni, & en ce cas j'aurois
mieux fait de n'y pas toucher & de
le laiſſer dans ſon papier bleu où il eſt
depuis tant d'années. Je le lûs d'abord
à deux de mes Amis. Pourquoy, dit
l'un, s'eſtendre ſi fort ſur le caractere
de voſtre Heros, qu'a-t-on à faire de
ſçavoir ce qu'il faiſoit le matin dans
ſon Conſeil, & moins encore à quoy il
ſe divertiſſoit l'apreſdinée. Tout cela
eſt bon à retrancher. Oſtez-moy je
vous prie, dit l'autre, la reſponſe en-

jouée qu'il fait aux Deputez de son
Peuple, qui le preſſent de ſe marier,
elle ne convient point a un Prince grave & ſerieux: vous voulez bien encore,
pourſuivit-il, que je vous conſeille de
ſupprimer la longue-deſcription de voſtre chaſſe ? qu'importe tout cela au
fond de voſtre hiſtoire, croyez-moi
ce ſont de vains & ambitieux ornemens qui appauvriſſent voſtre Poëme
au lieu de l'enrichir. Il en eſt de meſme ajouta-t'il, des preparatifs qu'on
fait pour le mariage du Prince, tout
cela eſt oiſeux & inutile. Pour vos
Dames qui rabaiſſent leurs coëffures,
qui couvrent leurs gorges, & qui al-
longent leurs manches, froide plaiſan-
terie auſſi-bien que celle de l'Orateur
qui s'applaudit de ſon éloquence. Je
demande encore, reprit celuy qui a-
voit parlé le premier, que vous offrent
les reflexions chreſtiennes de Griſel-
dis, qui dit que c'eſt Dieu qui veut
l'eprouver, c'eſt un ſermon hors de ſa
place. Je ne ſçaurois encore ſouffrir les

inhumanitez de voſtre Prince , elles
me mettent en colere , je les ſupprime-
rois. Il eſt vray qu'elles font de l'Hiſtoire , mais il n'importe. J'oſterois encore l'Epiſode du jeune Seigneur qui
n'eſt là que pour épouſer la jeune Princeſſe , cela allonge trop voſtre conte ;
mais , luy dis je , le conte finiroit mal
ſans cela. Je ne ſçaurois que vous dire , répondit-il , je ne laiſſerois pas
que de l'oſter. A quelques jours de là
je fis la meſme lecture à deux autres
de mes Amis , qui ne me dirent pas
un ſeul mot ſur les endroits dont je
viens de parler , mais qui en repri-
rent quantité d'autres. Bien loin de
me plaindre de la rigueur de voſtre
critique , leur dis-je , je me plains de
ce qu'elle n'eſt pas aſſez ſevere , vous
m'avez paſſé une infinité d'endroits
que l'on trouve tres-dignes de cen-
ſure. Comme quoy, dirent-ils ? On trouve , leur dis-je , que le caractere du
Prince eſt trop eſtendu , & qu'on n'a
que faire de ſçavoir ce qu'il faiſoit le

F iij

matin & encore moins l'apreſdinée. On
ſe mocque de vous, dirent-ils tous deux
enſemble, quand on vous fait de ſem-
blables critiques. On blâme, pour-
ſuivis-je, la réponſe que fait le Prince à ceux qui le preſſent de ſe marier,
comme trop enjoüée & indigne d'un
Prince grave & ſerieux. Bon, reprit
l'un d'eux, & où eſt l'inconvénient
qu'un jeune Prince d'Italie, païs où
l'on eſt accouſtumé à voir les hommes
les plus graves & les plus élevez en
dignité dire des plaiſanteries, & qui
d'ailleurs fait profeſſion de mal parler, & des femmes & du mariage,
matieres ſi ſujettes à la raillerie, ſe
ſoit un peu réjoüi ſur cet article. Quoy
qu'il en ſoit, je vous demande grace
pour cet endroit comme pour celuy de
l'Orateur qui croyoit avoir converti le
Prince, & pour le rabaiſſement des
coëffures; car ceux qui n'ont pas aimé la réponſe enjoüée du Prince, ont
bien la mine d'avoir fait main baſſe
ſur ces deux endroits-là. Vous l'avez

deviné, luy dis-je. Mais d'un autre
costé, ceux qui n'aiment que les choses plaisantes n'ont pû souffrir les reflexions chrestiennes de la Princesse;
qui dit que c'est Dieu qui la veut é-
prouver. Ils pretendent que c'est un
sermon hors de propos. Hors de propos? reprit l'autre; non seulement ces
reflexions conviennent au sujet, mais
elles y sont absolument necessaires.
Vous aviez besoin de rendre croyable
la Patience de vostre Heroïne, & quel
autre moyen aviez-vous que de luy
faire regarder les mauvais traitemens
de son Espoux comme venans de la
main de Dieu: sans cela on la pren-
droit pour la plus stupide de toutes
les femmes, ce qui ne feroit pas as-
seurément un bon effet. On blâme encore, leur dis-je, l'Episode du jeune Seigneur qui épouse la jeune Princesse. On
a tort, reprit-il, comme vostre Ouvrage est un veritable Poëme, quoy que
vous luy donniez le titre de Nouvelle,
il faut qu'il n'y ait rien à desirer

quand il finit. Cependant si la jeune
Princesse s'en retournoit dans son Con-
vent sans estre mariée aprés s'y estre
attenduë, elle ne seroit point contente ny ceux qui liroient la Nouvelle. Ensuite de cette conference, j'ay
pris le parti de laisser mon Ouvrage
à peu prés qu'il a esté lû dans l'Aca-
démie. En un mot, j'ay eu soin de cori-
ger les choses qu'on m'a fait voir estre
mauvaises en elles-mesmes ; mais à
l'égard de celles que j'ay trouvé n'a-
voir point d'autre deffaut que de
n'estre pas au goust de quelques per-
sonnes peut-estre un peu trop delicates,
j'ay crû ny devoir pas toucher.

Est-ce une raison décisive
D'oster un bon mets d'un repas,
Par ce qu'il s'y trouve un Convive
Qui par malheur ne l'aime pas?
Il faut que tout le monde vive,
Et que les mets, pour plaire à tous,
Soient differens comme les gousts.

Quoy qu'il en soit, j'ay crû devoir m'en remettre au Public qui juge toûjours bien. J'apprendray de luy ce que j'en dois croire, & je suivray exactement tous ses avis, s'il m'arrive jamais de faire une seconde édition de cet Ouvrage.

A PARIS,

Chez la Veuve de JEAN BAPTISTE COIGNARD, & JEAN BAPTISTE COIGNARD, Imprimeur du Roy, ruë S. Jacques, à la Bible d'or.

MDCLXXXXIV.

PEAU D'ASNE

CONTE.

A MADAME LA MARQUISE

DE L...

A PARIS,

Chez {

La Veuve de JEAN BAPTISTE COIGNARD,
Imprimeur du Roy,
ET
JEAN BAPTISTE COIGNARD Fils, Imprimeur
du Roy, ruë S. Jacques, à la Bible d'or.

M. DC. LXXXXXIV.

AVEC PRIVILEGE.

PEAU D'ASNE

CONTE.

A MADAME LA MARQUISE
DE L...

Il est des gens de qui l'esprit guindé,
    Sous un front jamais deridé
    Ne souffre, n'approuve & n'estime
    Que le pompeux & le sublime ;
    Pour moy, j'ose poser en fait
Qu'en de certains momens l'esprit le plus parfait
Peut aimer sans rougir jusqu'aux Marionettes ;
    Et qu'il est des temps & des lieux
    Où le grave & le serieux
    Ne vallent pas d'agreables sornettes.

PEAU D'ASNE

Pourquoy faut-il s'émerveiller
Que la Raison la mieux fensée
Lasse souvent de trop veiller ;
Par des contes d'Ogre * & de Fée
Ingenieusement bercée
Prenne plaisir à sommeiller.

Sans craindre donc qu'on me condamne
De mal employer mon loisir,
Je vais, pour contenter vostre juste desir,
Vous conter tout au long l'histoire de Peau d'Asne.

IL estoit une fois un Roy
Le plus grand qui fût sur la Terre,
Aimable en Paix, terrible en Guerre,
Seul enfin comparable à soy, (mes
Ses voisins le craignoient, ses Estats estoient cal

* *Homme Sauvage qui mangeoit les petits enfans.*

CONTE.

Et l'on voyoit de toutes parts

Fleurir, à l'ombre de ses palmes,

Et les Vertus & les beaux Arts.

Son aimable Moitié, sa Compagne fidelle

Estoit si charmante & si belle,

Avoit l'esprit si commode & si doux

Qu'il estoit encor avec elle

Moins heureux Roy qu'heureux espoux.

De leur tendre & chaste Hymenée

Plein de douceur & d'agrement

Avec tant de vertus une fille estoit née

Qu'ils se consoloient aisement

De n'avoir pas de plus ample lignée.

Dans son vaste & riche Palais

Ce n'estoit que magnificence,

Par tout y fourmilloit une vive abondance

De Courtisans & de Valets,

Il avoit dans son Escurie

Grands & petits chevaux de toutes les façons,

    Couverts de beaux caparaçons

    Roides d'or & de broderie ;

Mais ce qui furprenoit tout le monde en entrant

    C'eft qu'au lieu le plus apparent ,

Un maiftre Afne étalloit fes deux grandes oreil-

    Cette injuftice vous furprend   (les,

Mais lorfque vous fçaurez fes vertus nompareil-

    les

                                  (grand

Vous ne trouverez pas que l'honneur fuft trop

    Tel & fi net le forma la Nature

    Qu'il ne faifoit jamais d'ordure,

    Mais bien beaux Efcus au foleil

    Et Louïs de toute maniere

Qu'on alloit recuëillir fur la blonde litiere

    Tous les matins à fon reveil.

    Or le Ciel qui par fois fe laffe

    De rendre les hommes contents ,

Qui toujours à ses biens mesle quelque disgrace

Ainsi que la pluye au beau temps,

Permit qu'une aspre maladie (jours.

Tout à coup de la Reyne attaquast les beaux

Par tout on cherche du secours,

Mais ny la Faculté qui le Grec estudie,

Ny les Charlatans ayant cours,

Ne peurent tous ensemble arrester l'incendie

Que la fievre allumoit en s'augmentant toujours.

Arrivée à sa derniere heure

Elle dit au Roy son espoux)

Trouvez bon qu'avant que je meure

J'exige une chose de vous,

C'est que s'il vous prenoit envie

De vous remarier quand je n'y seray plus...

Ha ! dit le Roy, ces soins sont superflus,

Je n'y songeray de ma vie,

Soyez en repos là-dessus.

Je le croy bien , reprit la Reyne ,
Si j'en prens à témoin voſtre amour vehement,
Mais pour m'en rendre plus certaine ,
Je veux avoir voſtre ſerment ,
Adouci toutefois par ce temperament
Que ſi vous rencontrez une femme plus belle,
Mieux faite & plus ſage que moy ,
Vous pourrez franchement luy donner voſtre foy
Et vous marier avec elle :
Sa confiance en ſes attraits
Luy faiſoit regarder une telle promeſſe
Comme un ſerment ſurpris avec adreſſe
De ne ſe marier jamais.
Le Prince jura donc, les yeux baignez de larmes
Tout ce que la Reyne voulut ;
La Reyne entre ſes bras mourut,
Et jamais un Mari ne fit tant de vacarmes,
A l'oüir ſanglotter & les nuits & les jours ,
On jugea que ſon deuil ne luy dureroit guere

Èt qu'il pleuroit ses defuntes Amours
Comme un hôme pressé qui veut sortir d'affaire.

On ne se trompa point. Au bout de quelques
      mois
Il voulut proceder à faire un nouveau choix ;
    Mais ce n'estoit pas chose aisée ,
    Il falloit garder son serment
    Et que la nouvelle Espousée
    Eust plus d'attraits & d'agrement
Que celle qu'on venoit de mettre au monument.

    Ny la Cour en beautez fertile ,
    Ny la Campagne , ny la Ville ,
    Ny les Royaumes d'alentour
    Dont on alla faire le tour ,
    N'en peurent fournir une telle ;
    L'Infante seule estoit plus belle
Et possedoit certains tendres appas

Que la deffunte n'avoit pas.

Le Roy le remarqua luy-mesme

Et bruflant d'un amour extréme

Alla follement s'avifer

Que par cette raifon il devoit l'efpoufer.

Il trouva mefme un Cafuifte

Qui jugea que le cas fe pouvoit propofer.

Mais la jeune Princeffe trifte

D'ouïr parler d'un tel amour,

Se lamentoit & pleuroit nuit & jour.

De mille chagrins l'ame pleine

Elle alla trouver fa Maraine

Loin dans une grotte à l'écart

De Nacre & de Corail richement eftoffée ;

C'eftoit une admirable Fée

Qui n'eut jamais de pareille en fon Art.

Il n'eft pas befoin qu'on vous die

Ce qu'eftoit une Fée en ces bienheureux temps

Car je suis seur que vostre Mie
Vous l'aura dit dez vos plus jeunes ans,

Je sçay, dit-elle, en voyant la Princesse
Ce qui vous fait venir icy,
Je sçay de vostre cœur la profonde tristesse
Mais avec moy n'ayez plus de souci
Il n'est rien qui vous puisse nuire
Pourvû qu'à mes conseils vous vous laissiez con- (duire,
Vostre Pere, il est vray, voudroit vous espouser;
Escouter sa folle demande
Seroit une faute bien grande
Mais sans le contredire on le peut refuser.

Dites-luy qu'il faut qu'il vous donne
Pour rendre vos desirs contents,
Avant qu'à son amour vostre cœur s'abandonne
Une Robe qui soit de la couleur du Temps.
Malgré tout son pouvoir & toute sa richesse,

Quoy que le Ciel en tout favorife fes vœux,
Il ne pourra jamais accomplir fa promeffe.

Auffi-toft la jeune Princeffe
L'alla dire en tremblant à fon Pere amoureux
Qui dans le moment fit entendre
Aux Tailleurs les plus importans
Que s'ils ne luy faifoient, fans trop le faire atten-
Une Robe qui fuft de la couleur du Temps (dre,
Ils pouvoient s'affurer qu'il les feroit tous pendre.

Le fecond jour ne luifoit pas encor
Qu'on apporta la robe defirée ;
Le plus beau bleu de l'Empirée
N'eft pas, lorfqu'il eft ceint de gros nuages d'or
D'une couleur plus azurée.
De joye & de douleur l'Infante penetrée
Ne fçait que dire ny comment
Se derober à fon engagement.

Princeffe

Princeſſe demandez-en une,
Luy dit ſa Maraine tout bas,
Qui plus brillante & moins commune
Soit de la couleur de la Lune
Il ne vous la donnera pas.
A peine la Princeſſe en eut fait la demande
Que le Roy dit à ſon Brodeur
Que l'aſtre de la Nuit n'ait pas plus de ſplendeur
Et que dans quatre jours ſans faute on me la
(rende.

Le riche habillement fut fait au jour marqué
Tel que le Roy s'en eſtoit expliqué
Dans les Cieux où la Nuit a deployé ſes voiles,
La Lune eſt moins pompeuſe en ſa robe d'argent
Lors meſme qu'au milieu de ſon cours diligent
Sa plus vive clarté fait paſlir les étoilles.

La Princeſſe admirant ce merveilleux habit
Eſtoit à conſentir preſque deliberée ;
Mais par ſa Maraine inſpirée

B

Au Prince amoureux elle dit ,

Je ne ſçaurois eſtre contente

Que je n'aye une Robe encore plus brillante

Et de la couleur du Soleil,

Le Prince qui l'aimoit d'un amour ſans pareil

Fit venir auſſi-toſt un riche Lapidaire

Et luy commanda de la faire

D'un ſuperbe tiſſu d'or & de diamans ,

Diſant que s'il manquoit à le bien ſatisfaire,

Il le feroit mourir au milieu des tourmens,

Le Prince fut exempt de s'en donner la peine,

Car l'ouvrier induſtrieux ,

Avant la fin de la ſemaine

Fit apporter l'ouvrage precieux

Si beau , ſi vif , ſi radieux

Que le blond Amant de Climene

Lorſque ſur la voute des Cieux

Dans ſon char d'or il ſe promene

D'un plus brillant éclat n'éblouït pas les yeux.

L'Infante que ces dons achevent de confondre

A son Pere, à son Roy ne sçait plus que répondre;

Sa Maraine aussi-tost la prenant par la main ,

    Il ne faut pas , luy dit-elle à l'oreille ,

        Demeurer en si beau chemin ,

        Est-ce une si grande merveille

    Que tous ces dons que vous en recevez

    Tant qu'il aura l'Asne que vous sçavez

    Qui d'écus d'or sans cesse emplit sa bource

Demandez luy la peau de ce rare Animal ,

    Comme il est toute sa resource ,

Vous ne l'obtiendrez pas , ou je raisonne mal.

    Cette Fée estoit bien sçavante ,

    Et cependant elle ignoroit encor

Que l'amour violent pourvû qu'on le contente ,

    Conte pour rien l'argent & l'or ;

La peau fut galamment aussi-tost accordée

    Que l'Infante l'eut demandée.

        B ij

Cette Peau quand on l'apporta

Terriblement l'épouvanta

Et la fit de son sort amerement se plaindre,

Sa Maraine survint & luy representa
(craindre

Que quand on fait le bien on ne doit jamais

Qu'il faut laisser penser au Roy

Qu'elle est tout à fait disposée

A subir avec luy la conjugale Loy,
(fée

Mais qu'au mesme moment seule & bien degui-

Il faut qu'elle s'en aille en quelque Estat lointain

Pour éviter un mal si proche & si certain.

Voicy, poursuivit-elle, une grande cassette

Où nous mettrons tous vos habits

Vostre miroir, vostre toillette,

Vos diamans & vos rubis.

Je vous donne encor ma Baguette;

En la tenant en vostre main

La cassette suivra vostre mesme chemin.

Toujours sous la Terre cachée ;

Et lorſque vous voudrez l'ouvrir
A peine mon baſton la Terre aura touchée
Qu'auſſi-toſt à vos yeux elle viendra s'offrir.

Pour vous rendre méconnoiſſable
La dépoüille de l'Aſne eſt un maſque admirable
Cachez-vous bien dans cette peau ,
On ne croira jamais , tant elle eſt effroyable
Qu'elle renferme rien de beau.

La Princeſſe ainſi traveſtie
De chez la ſage Fée à peine fut ſortie ,
Pendant la fraiſcheur du matin
Que le Prince qui pour la Feſte
De ſon heureux Hymen s'appreſte.
Apprend tout effrayé ſon funeſte deſtin.
Il n'eſt point de maiſon , de chemin , d'avenuë,
Qu'on ne parcoure promptement,
Mais on s'agite vainement
On ne peut deviner ce qu'elle eſt devenuë.

B iij

Par tout se répandit un triste & noir chagrin

Plus de Nopces , plus de Festin ,

Plus de Tarte , plus de Dragées ,

Les Dames de la Cour toutes decouragées

N'en disnerent point la pluspart;

Mais du Curé sur tout la tristesse fut grande ;

Car il en dejeuna fort tard

Et qui pis est n'eut point d'offrande.

L'Infante cependant poursuivoit son chemin

Le visage couvert d'une vilaine crasse ,

— A tous Passans, elle tendoit la main,

Et taschoit pour servir de trouver une place ,

Mais les moins delicats & les plus malheureux

La voyant si maussade & si pleine d'ordure

Ne vouloient écouter ny retirer chez eux

Une si sale creature.

Elle alla donc bien loin, bien loin, encor plus loin,

Enfin elle arriva dans une Metairie

Où la Fermiere avoit besoin

D'une soüillon , dont l'industrie

Allast jusqu'à sçavoir bien laver des torchons

Et nettoyer l'auge au Cochons.

On la mit dans un coin au fond de la cuisine

Où les Valets , insolente vermine ,

Ne faisoient que la tirailler ,

La contredire & la railler ,

Ils ne sçavoient quelle piece luy faire

La harcelant à tout propos ;

Elle estoit la butte ordinaire

De tous leurs quolibets & de tous leurs bons

(mots.

Elle avoit le Dimanche un peu plus de repos

Car ayant du matin fait sa petite affaire , (clos,

Elle entroit dans sa chambre & tenant son huis

Elle se decrassoit , puis ouvroit sa cassette,

Mettoit proprement sa toilette

Rangeoit dessus ses petits pots ,

Devant son grand miroir contente & satisfaite,
De la Lune tantost la robe elle mettoit,
Tantost celle où le feu du Soleil éclattoit ;

  Tantost la belle robe bleüe
Que tout l'azur des Cieux ne sçauroit égaler ;
Avec ce chagrin seul que leur trainante queüe
Sur le plancher trop court ne pouvoit s'étaler.
Elle aimoit à se voir jeune, vermeille & blanche
Et plus brave cent fois que nulle autre n'estoit ;

  Ce doux plaisir la sustentoit
  Et la menoit jusqu'à l'autre Dimanche.

  J'oubliois à dire en passant
  Qu'en cette grande Metairie
  D'un Roy magnifique & puissant
  Se faisoit la Menagerie ,
  Que là , Poules de Barbarie ,
  Rales, Pintades, Cormorans ,
  Oisons musquez , Cannes Petieres
Et mille autres oiseaux de bijares manieres,

    Entre eux presque tous differents
Rempliſſoient à l'envi dix cours toutes entieres.

    Le fils du Roy dans ce charmant ſejour
Venoit ſouvent au retour de la Chaſſe
    Se repoſer ; boire à la glace
    Avec les Seigneurs de ſa Cour.

    Tel ne fut point le beau Cephale ,
Son air eſtoit Royal , ſa mine martiale
Propre à faire trembler les plus fiers bataillons;
Peau d'Aſne de fort loin le vit avec tendreſſe
    Et reconnut par cette hardieſſe
    Que ſous ſa craſſe & ſes haillons
Elle gardoit encor le cœur d'une Princeſſe.

Qu'il a l'air grand, quoy qu'il l'ait negligé ,
    Qu'il eſt aimable , diſoit-elle,
    Et que bienheureuſe eſt la belle
    A qui ſon cœur eſt engagé.

D'une robe de rien s'il m'avoit honorée,
    Je m'en trouverois plus parée
    Que de toutes celles que j'ay.

Un jour le jeune Prince errant à l'aventure
    De baſſecour, en baſſecour,
    Paſſa dans une allée obſcure
Où de Peau d'Aſne eſtoit l'humble ſejour.
Par hazard il mit l'œil au trou de la ferrure
    Comme il eſtoit feſte ce jour
Elle avoit pris une riche parure
    Et ſes ſuperbes veſtemens
Qui tiſſus de fin or & de gros diamans
Egaloient du Soleil la clarté la plus pure.
    Le Prince au gré de ſon deſir
    La contemple & ne peut qu'à peine,
    En la voyant reprendre haleine,
    Tant il eſt comblé de plaiſir.
Quels que ſoient les habits, la beauté du viſage,
    Son beau tour, ſa vive blancheur,

Ses traits fins , sa jeune fraischeur
Le touchent cent fois davantage ,
Mais un certain air de grandeur
Plus encore une sage & modeste pudeur
Des beautez de son ame , asseuré témoignage,
S'emparerent de tout son cœur.

(porte
Trois fois dans la chaleur du feu qui le transf-
Il voulut enfoncer la porte ,
Mais croyant voir une Divinité ,
Trois fois par le respect son bras fut arresté.

Dans le Palais pensif il se retire
Et là nuit & jour il soupire ,
Il ne veut plus aller au Bal
Quoy qu'on soit dans le Carnaval
Il hait la Chasse , il hait la Comedie ,
Il n'a plus d'appetit , tout luy fait mal au cœur
Et le fond de sa maladie
Est une triste & mortelle langueur.

Il s'enquit quelle eſtoit cette Nymphe admirable
Qui demeuroit dans une baſſecour
Au fonds d'une allée effroyable ,
Où l'on ne voit goutte en plein jour,
C'eſt, luy dit-on, Peau d'Aſne , en rien Nymphe
ny belle -
Et que Peau d'Aſne l'on appelle,
A cauſe de la Peau qu'elle met ſur ſon cou ;
De l'Amour c'eſt le vray remede,
La beſte en un mot la plus laide,
Qu'on puiſſe voir aprés le Loup,
On a beau dire il ne ſçauroit le croire,
Les traits que l'amour a tracez
Toujours preſens à ſa memoire
N'en ſeront jamais effacez.

Cependant la Reyne ſa Mere
Qui n'a que luy d'enfant, pleure & ſe deſeſpere,
De declarer ſon mal elle le preſſe en vain ,
Il gemit , il pleure , il ſoupire,

Il

Il ne dit rien , fi ce n'eft qu'il defire
Que Peau d'Afne luy faffe un gafteau de fa main;
Et la Mere ne fçait ce que fon Fils veut dire.

O Ciel ! Madame , luy dit on ,
Cette Peau d'Afne eft une noire Taupe
Plus vilaine encore & plus gaupe
Que le plus fale Marmiton.

N'importe , dit la Reyne, il le faut fatisfaire
Et c'eft à cela feul que nous devons fonger ;
Il auroit eu de l'or , tant l'aimoit cette Mere ,
S'il en avoit voulu manger.

Peau d'Afne donc prend fa farine
Qu'elle avoit fait blutter exprés ,
Pour rendre fa pafte plus fine ,
Son fel , fon beurre & fes œufs frais ,
Et pour bien faire fa galette
S'enferme feule en fa chambrette.

C

PEAU D'ASNE

D'abord elle se decraſſa

Les mains , les bras & le viſage ,

Et prit un corps d'argent que viſte elle laça

Pour dignement faire l'ouvrage

Qu'auſſi-toſt elle commença.

On dit qu'en travaillant un peu trop à la haſte

De ſon doigt par hazard il tomba dans la paſte

Un de ſes anneaux de grand prix ,

Mais ceux qu'on tient ſçavoir le fin de cette

hiſtoire

Aſſeurent que par elle exprés il y fut mis ;

Et pour moy franchement , je l'oſerois bien

croire ,

Fort ſeur que quand le Prince à ſa porte aborda

Et par le trou la regarda ,

Elle s'en eſtoit apperçûë :

Sur ce point la femme eſt ſi druë

Et ſon œil va ſi promptement

Qu'on ne peut la voir un moment,

Qu'elle ne sçache qu'on la veüe.
Je suis bien seur encore, & j'en ferois serment
Qu'elle ne douta point que de son jeune Aman_t
La Bague ne fust bien receüe.

On ne pestrit jamais un si friand morceau,
Et le Prince trouva la galette si bonne
Qu'il ne s'en fallut rien que d'une faim gloutône
Il n'avalast aussi l'anneau.
Quand il en vit l'émeraude admirable,
Et du jonc d'or le cercle estroit,
Qui marquoit la forme du doigt,
Son cœur en fut touché d'une joye incroyable,
Sous son chevet il le mit à l'instant

Et son mal toujours augmentant
Les Medecins sages d'experience,
En le voyant maigrir de jour en jour
Jugerent tous par leur grande science
Qu'il estoit malade d'amour.

C ij

Comme l'Hymen, quelque mal qu'on en die,
Eſt un remede exquis pour cette maladie,
  On conclut à le marier ;
  Il s'en fit quelque temps prier,
Puis dit, je le veux bien, pourveu que l'on me
   donne
  En mariage la perſonne
  Pour qui cet anneau ſera bon ;
  A cette bijare demande
De la Reyne & du Roy la ſurpriſe fut grande,
Mais il eſtoit ſi mal qu'on n'oſa dire non.

  Voila donc qu'on ſe met en queſte
De celle que l'anneau, ſans nul égard du ſang,
  Doit placer dans un ſi haut rang,
  Il n'en eſt point qui ne s'appreſte
  A venir preſenter ſon doigt
  Ny qui veüille ceder ſon droit.

         (ce,
Le bruit ayant couru que pour prétendre au Prin-

Il faut avoir le doigt bien mince ;
Tout Charlatan , pour eftre bien venu ,
Dit qu'il a le fecret de le rendre menu ,
L'une en fuivant fon bizare caprice
Comme une rave le ratiffe ,
L'autre en couppe un petit morceau ,
Un autre en le preffant croit qu'elle l'appetiffe
Et l'autre avec de certaine eau
Pour le rendre moins gros en fait tomber la peau ;
Il n'eft enfin point de manœuvre
Qu'une Dame ne mette en œuvre ,
Pour faire que fon doigt quadre bien à l'anneau,

L'effay fut commencé par les jeunes Princeffes
Les Marquifes & les Ducheffes ,
Mais leurs doigts quoyque delicats,
Eftoient trop gros & n'entroient pas
Les Comteffes , & les Baronnes ,
Et toutes les nobles Perfonnes ,
Comme elles tour à tour prefenterent leur main

Et la presenterent en vain.

Ensuite vinrent les Grisetttes,

Dont les jolis & menus doigts,

Car il en est de tres-bien faites,

Semblerent à l'anneau s'ajuster quelquefois

Mais la Bague toûjours trop petite ou trop ronde

D'un dedain presque égal rebuttoit tout le mon.

(de.

Il fallut en venir enfin

Aux Servantes, aux Cuisinieres,

Aux Tortillons, aux Dindonieres,

En un mot à tout le fretin,

Dont les rouges & noires pattes,

Non moins que les mains delicates

Esperoient un heureux destin.

Il s'y presenta mainte fille

Dont le doigt gros & ramassé,

Dans la Bague du Prince eût aussi peu passé

Qu'un cable au travers d'un aiguille.

On crut enfin que c'eſtoit fait,

Car il ne reſtoit en effet,

Que la pauvre Peau d'Aſne au fonds de la cuiſine,

Mais comment croire, diſoit-on,

Qu'à regner le Ciel la deſtine,

Le Prince dit, & pourquoy non ?

Qu'on la faſſe venir. Chacun ſe prit à rire

Criant tout haut que veut-on dire ;

De faire entrer icy cette ſale guenon.

Mais lorſqu'elle tira de deſſous ſa peau noire

Une petite main qui ſembloit de l'yvoire,

Qu'un peu de pourpre a coloré,

Et que de la Bague fatale,

D'une juſteſſe ſans égale

Son petit doigt fut entouré,

La Cour fut dans une ſurpriſe

Qui ne peut pas eſtre compriſe.

On la menoit au Roy dans ce tranſport ſubit,

Mais elle demanda qu'avant que de paraiſtre

Devant ſon Seigneur & ſon Maiſtre

On luy donnaſt le temps de prendre un autre

habit.

De cet habit, pour la verité dire,

De tous coſtez on s'appreſtoit à rire,

Mais lorſqu'elle arriva dans les Appartemens

Et qu'elle eut traverſé les ſalles

Avec ſes pompeux veſtemens

Dõt les riches beautez n'eurent jamais d'égales,

Que ſes aimables cheveux blonds

Meſlez de diamans dont la vive lumiere

En faiſoit autant de rayons,

Que ſes yeux bleus, grands, doux & longs,

Qui pleins d'une Majeſté fiere

Ne regardent jamais ſans plaire & ſans bleſſer,

Et que ſa taille enfin ſi menuë & ſi fine

(ſer,

Qu'avecque les deux mains on eût peu l'embraſ.

Montrerent leurs appas & leur grace divine,

Des Dames de la Cour, & de leurs ornemens

Tomberent tous les ~~deux~~ agrémens.

Dans la joye & le bruit de toute l'Assemblée
Le bon Roy ne se sentoit pas
De voir sa Bru posseder tant d'appas,
La Reyne en estoit affolée,
Et le Prince son cher Amant,
De cent plaisirs l'ame comblée
Succomboit sous le poids de son ravissement.

Pour l'Hymen aussi-tost chacun prit ses mesures,
Le Monarque en pria tous les Rois d'alentour,
Qui tous brillans de diverses parures
Quitterent leurs Estats pour estre à ce grand jour.
On en vit arriver des climats de l'Aurore,
Montez sur de grands Elephans,
Il en vint du rivage More,
Qui plus noirs & plus laids encore,
Faisoient peur aux petits enfans,
Enfin de tous les coins du Monde,
Il en debarque & la Cour en abonde.

Mais nul Prince, nul Potentat,

N'y parut avec tant d'éclat

Que le Pere de l'Efpoufée,

Qui d'elle autrefois amoureux

Avoit avec le temps purifié les feux

Dont fon ame eftoit embrafée,

Il en avoit banni tout defir criminel

Et de cette odieufe flamme

Le peu qui reftoit dans fon ame

N'en rendoit que plus vif fon amour paternel.

Dez qu'il la vit, que benit foit le Ciel

Qui veut bien que je te revoye,

Ma chere enfant, dit-il, & tout fleurant de joye

Courut tendrement l'embraffer,

Chacun à fon bonheur voulut s'intereffer,

Et le futur Efpoux eftoit ravi d'apprendre

Que d'un Roy fi puiffant il devenoit le Gendre.

Dans ce moment la Maraine arriva

Qui raconta toute l'hiftoire,

Et par son recit acheva
De combler Peau d'Asne de gloire,

Il n'est pas malaisé de voir
Que le but de ce Conte est qu'un Enfant apprenne
Qu'il vaut mieux s'exposer à la plus rude peine
Que de manquer à son devoir.

Que la Vertu peut estre infortunée
Mais qu'elle est toujours couronnée,

(ports
Que contre un fol amour & ses fougueux trans-
La Raison la plus forte est une foible digue,
Et qu'il n'est point de si riches thresors
Dont un Amant ne soit prodigue.

Que de l'eau claire & du pain bis
Suffisent pour la nourriture
De toute jeune Creature,
Pourveu qu'elle ait de beaux habits,

Que sous le Ciel il n'est point de femelle

Qui ne s'imagine estre belle ,

Et qui souvent ne s'imagine encor

Que si des trois Beautez la fameuse querelle,

S'estoit demeslée avec elle

Elle auroit eu la pomme d'or.

Le Conte de Peau d'Asne est difficile à croire,

Mais tant que dans le Monde on aura des Enfans,

Des Meres & des Meres-grands ,

On en gardera la memoire.

F I N.

LES SOUHAITS
RIDICULES.

CONTE.

A MADEMOISELLE DE LA C...

LES SOUHAITS
RIDICULES.
CONTE.

A MADEMOISELLE DE LA C....

S I vous eftiez moins raifonnable ,
Je me garderois bien , de venir vous conter
   La folle & peu galante fable
   Que je m'en vais vous debiter.
Une aune de Boudin en fournit la matiere ,
   Une aune de Boudin , ma chere ?
   Quelle pitié ! c'eft une horreur ,
   S'écrioit une Precieufe ,
   Qui tousjours tendre & ferieufe
Ne veut oüir parler que d'affaires de cœur.

      A ij

Mais vous qui mieux qu'Ame qui vive
Sçavez charmer en racontant,
Et dont l'expression est tousjours si naïve
Que l'on croit voir ce qu'on entend,
Qui sçavez que c'est la maniere
Dont quelque chose est inventé
Qui beaucoup plus que la matiere
De tout Recit fait la beauté.
Vous aimerez ma fable & sa moralité,
J'en ay, j'ose le dire, une asseurance entiere.

Il estoit une fois un pauvre Bucheron
Qui las de sa penible vie,
Avoit, disoit-il, grande envie
De s'aller reposer aux bords de l'Acheron ;
Representant dans sa douleur profonde,
Que depuis qu'il estoit au monde,
Le Ciel cruel n'avoit jamais
Voulu remplir un seul de ses souhaits.

Un jour que dans le Bois, il se mit à se plaindre,

A luy la foudre en main Jupiter s'apparut,

  On auroit peine à bien dépeindre

  La peur que le bon homme en eut ;

Je ne veux rien, dit-il, en se jettant par terre,

  Point de souhaits, point de Tonnere,

  Seigneur, demeurons but à but.

  Cesse d'avoir aucune crainte

Je viens, dit Jupiter, touché de ta complainte ;

  Te faire voir le tort que tu me faits,

  Escoute donc. Je te promets,   (tre,

Moy qui du monde entier suis le souverain maif-

D'exaucer pleinement les trois premiers sou-

 haits

        (estre,

Que tu voudras former sur quoy que ce puisse

  Voy ce qui peut te rendre heureux,

  Voy ce qui peut te satisfaire,

Et comme ton bonheur depend tout de tes vœux,

      A iij

LES SOUHAITS
Songez-y bien avant que de les faire.

A ces mots Jupiter dans les Cieux remonta,
Et le gay Bucheron, embrassant sa falourde
Pour retourner chez luy, sur son dos la jetta.
Cette charge jamais ne luy parut moins lourde.
  Il ne faut pas, disoit-il, en trottant,
   Dans tout cecy, rien faire à la legere,
   Il faut, le cas est important,
  En prendre avis de nostre menagere.
Cà, dit-il, en entrant sous son toit de fougere,
   Faisons, Fanchon, grand feu, grand'chere,
   Nous sommes riches à jamais
Et nous n'avons qu'à faire des souhaits.
Là dessus tout au long le fait il luy raconte;
A ce recit l'Espouse vive & prompte
  Forma dans son esprit mille vastes projets,
   Mais considerant l'importance
  De s'y conduire avec prudence,

Blaise, mon cher ami, dit-elle à son espoux,

Ne gastons rien par nostre impatience,

Examinons bien entre nous

Ce qu'il faut faire en pareille occurence,

Remettons à demain nostre premier souhait

Et consultons nostre chevet.

Je l'entens bien ainsi dit le bon homme Blaise,

Mais va tirer du vin derriere ces fagots.

A son retour il but, & goustant à son aise

Prés d'un grand feu la douceur du repos,

Il dit, en s'appuyant sur le dos de sa chaise,

Pendant que nous avons une si bonne braise,

Qu'une aune de Boudin viendroit bien à propos!

A peine acheva-t-il de prononcer ces mots,

Que sa femme aperceut grandement estonnée

Un Boudin fort long qui partant

D'un des coins de la cheminée

S'approchoit d'elle en serpentant,

Elle fit un cri dans l'instant ;

Mais jugeant que cette avanture
Avoit pour caufe le fouhait
Que par beſtiſe toute pure
Son homme imprudent avoit fait,
Il n'eſt point de poüille & d'injure
Que de depit & de courroux
Elle ne diſt au pauvre eſpoux.
Quand on peut, diſoit-elle, obtenir un Empire,
De l'or , des perles, des rubis ,
Des diamans, de beaux habits,
Eſt-ce alors du Boudin qu'il faut que l'on defire?
Et bien j'ay tort, dit-il, j'ay mal placé mon choix,
J'ay commis une faute énorme ,
Je feray mieux une autre fois.
Bon bon, dit-elle, attendez-moy fous l'orme,
Pour faire un tel fouhait il faut eſtre bien beuf!
L'efpoux plus d'une fois emporté de colere
Penſa faire tout bas le fouhait d'eſtre veuf,
Et peut-eſtre, entre-nous , ne pouvoit-il mieux
faire,

Les hommes, difoit-il, pour fouffrir font bien
    nez !
Pefte foit du Boudin & du Boudin encore,
    Pluft à Dieu, maudite Pecore,
    Qu'il te pendift au bout du nez.

La priere auffi-toft du Ciel fut efcoutée,
Et dés que le Mari la parole lafcha,
    Au nez de l'efpoufe irritée
    L'aune de Boudin s'attacha.
Ce prodige imprevû grandement le fafcha.
Fanchon eftoit jolie, elle avoit bonne grace,
Et pour dire fans fard la verité du fait,
    Cet ornement en cette place
    Ne faifoit pas un bon effet;
Si ce n'eft qu'en pendant fur le bas du vifage
    Il l'empêchoit de parler aifement,
    Pour un efpoux merveilleux avantage,
Et fi grand qu'il penfa, dans cet heureux moment

LES SOUHAITS

Ne souhaiter rien davantage.

Je pourrois bien , disoit-il à part soy ,
   Aprés un malheur si funeste ,
   Avec le souhait qui me reste ,
   Tout d'un plein saut me faire Roy.
Rien n'égale , il est vrai , la grandeur souveraine
   Mais encoré faut-il songer
   Comment seroit faite la Reyne
Et dans quelle douleur ce seroit la plonger
   De l'aller placer sur un thrône
   Avec un nez plus long qu'une aune.
   Il faut l'escouter sur cela
   Et qu'elle mesme elle soit la maîtresse
   De devenir une grande Princesse
   En conservant l'horrible nez qu'elle a
   Ou de demeurer Bucheronne
   Avec un nez comme une autre personne
Et tel qu'elle l'avoit avant ce malheur-là.

La chofe bien examinée,
Quoiqu'elle fçût d'un fceptre & la force & l'effet
Et que quand on eft couronnée
On a tousjours le nez bien fait ;
Comme au defir de plaire il n'eft rien qui ne
cede ,
Elle aima mieux garder fon Bavolet
Que d'eftre Reyne & d'eftre laide.

Ainfi le Bucheron ne changea point d'eftat ,
Ne devint point grand Potentat,
D'écus ne remplit point fa bourfe ,
Trop heureux d'employer le fouhait qui reftoit,
Foible bonheur, pauvre refource ,
A remettre fa femme en l'eftat qu'elle eftoit,

Bien eft donc vray qu'aux hommes mifera-
bles

Aveugles , imprudens , inquiets , variables
Pas n'appartient de faire des souhaits,
Et que peu d'entr'eux sont capables.
De bien user des dons que le Ciel leur a faits.

FIN.

www.ingramcontent.com/pod-product-compliance
Lightning Source LLC
Chambersburg PA
CBHW051551280626
47162CB00022B/1687